# 快楽

水原涼

# 快樂　目次

カバー写真　パリのサントシャペル（著者撮影、二〇二二）
装丁　大久保伸子

# 快樂

欲望

紫のきはまるところ藤ならむ欲望の房ながく垂れ嘔吐を誘ふ

ちちははの交はりを見し十歳のわれは極光放ちたりけむ

躑躅《つつじ》摘みて蜜を吸ひたる少女期にたましひふたつ持ちてゐしこと

金雀兒《えにしだ》にふれむとせしが夭折の俳優なりき衣裳のままに

飛ぶ鳥の明日は戰爭なるゆゑに銀河の果てまで若者は逃げよ

永遠に死なずとおもふとき死ぬらむかダイヤモンドは不安なるべし

木の女、草の女はいづこにて分かるるさやぐ快樂《けらく》さみどり

城壁の内なる敵とよばれつつひるがへす緋のマント、ロゴスよ

革命を捨てたる生は北極星沈めるごとし革命は死なれど

生前のわたくし、死後のわたくしを貫くものあらば怨みとおもへ

核武装説きし三島由紀夫すみわたる瞳もてりき死に死に死にてかへりそ

改憲を望まずさあれ第一條のみは認めがたしも象徴は言葉

昭和天皇いまだ裁かれずその裔《すゑ》を崇むる不條理、太陽のごと

共和國につぽんが來むその日までいのち在らむかわれも短歌も

沖縄戰に何をせし伯父、市民を庇ひしと聞くはまことか、しんじつを語れ

二・二六事件に心寄せたりしちちのみの父よ老いて天ちやんとよびき

白鳥となりたる父をもつならば火にも水にも入るべきか、否

わたくしの溶けゆく空に星星の生老病死きらきらと在り

死ののちも裸身いとひしははそはの母よ羽衣著せたかりしに

わが愛をうたがひにける白犬かさくらといふ名の罪を負はせし

蝶あまた飛び交ふ庭にいのち濃く淡くなりつる祕法のごとし

誘惑は桃畑ゆ來て奔りゆく時には既にユダをみごもる

屋根裏に隱れゐしかば薔薇と百合の默契を知らずつるぎとなりぬ

水は常にシャンパングラスにて飲むものとわれにをしへし天國泥棒

聖性はほそくながきかエル・グレコあはれひかりのみ描きて在らましを

存在の最も幸福なる象《かたち》チーズとおもふとはに醒めざれ

ジャポニスム宇宙にあらば愉しからむキモノ羽織りたる北斗七星

いにしへと別れ扇と別れたる三河八橋はだか馬ゆく

とらへがたき四聲のごとくわが庭に牡丹の木《ぼく》の消えやすきかな

鏡持つ人類さびし　鳥、けもの、石、夕焼も鏡見よ　狂へ

しかすがに雷神ゼウスより太陽神アポロンに戀せむにあいなし

龍舌蘭その名のみにてはばたくもとほきアンデス文明に達す

わが知らぬ量子力學まなびたる少年かなしもトマトの子なり

風のすがたあをく若しも海岸の病院にゆく遊星のやうに

葬送行進曲ののち無調的渦に轉ずる死者は果實よ

ヴィスコンティくるしかりけり美がにんげんを支配する世界に堪へず

聖靈がをとめを犯す瞬間をいくたびも想ふ受洗戀ひつつ

石上《いそのかみ》ふるき世見むとまばたける折口信夫の睫毛光るも

近代を超えむとする道、　近代を突き抜けなむよ天使《てんし》突抜《つきぬけ》

寒月はスピノザなりしか硝子磨き果てたるのちの虚しき日本

地下室も水晶宮もなき新世紀ただ鬼のみぞよみがへりける

夢前川《ゆめさきがは》われは渉らず玉藻なす裾濡らしたる妖精はうつつ

うつそみをふかくおそるるくちなはに巻かれなばバベルの塔とならまし

食人に至る愛戀わが肉に今し齒立つるアマツォーネあれ

能役者のごとく坐りし韓國の友ただひとり共に暮らしき

アジア近き九州といふ父のくに阿蘇は木木も川も言問ふ

モーリシャス如何になりけむいちはつの次次に咲けば鐘鳴るごとし

海少し遠きわが家に信天翁《あはうどり》訪るる午後わらはれて生きよ

阿呆船《あはうぶね》乗りたかりけり水平線の彼方に落つるムイシュキンとわれ

未來へのきざはしとしてよこたはり踏まれゆくひびきイ短調ソナタ

## 蘂

百合の蘂迫り來る朝暴力は神に始まりわたくしに終はる

夏空の別れはやさし世界樹にふれし少年かへらざりけり

銀河系すべての星にくちづけをしたるわたくし聖ジャンヌ死なず

## ヒュブリス

野分ゆき蝶かへり來るこのやうなる朝に死にたし短き夏よ

水晶の短剣となり五千年待ちつづけたり言の葉の鞘

瘦せ瘦せて秋のひよどり來たりけり憎惡は汝を美しくせり

ふりかへる昨日はあらず放火魔にあらざりしかどわれらがネロン

友よ狂へ、否狂ひたまひそ海はみごもる眞珠のロゴス

くれなゐの萩に黄蝶がとまりけり神は死すともまなこ殘らむ

萩よ今年は咲かざる汝と思ひしに咲きみだるるか死ねとごとくに

もつれあひわれら入りゆくシャルトルの大聖堂へ青き蝶たち

青に生きし先師三人《みたり》や建、智恵子、健一、われは空と海に抗ふ

氷河溶け北極熊の溺れ死ぬる近未來愛はくちびるを超ゆ

メメントモリをいでなむ秋や水平に弦月泛び母あらぬ宇宙

おとろふる花はしづけきものならず萩叢濡れてけものの象《かたち》

スフィンクスわが犬に肖《に》てわたくしは母子相姦の王の眩暈《めまひ》す

硝子越しの萩叢に椅子映りけりわが椅子ならず難民の椅子

萩散らず萩散らずわれは哲學を知らざる女、夢のはしため

秋霖の家居汗ばむ身體を捨てむオウィディウスの薄氷《うすらひ》のうへに

不可視なるくちなはひそむこの家に打ちあげられし入水の女人

〈春の女〉ふしあはせなる物語冥王星にも在りとこそ聞け

蜜蜂のあらぬ地球にわれら無く存在を問ふ石の目覺めや

森の母死にたるのちを花花は空腹叫び地を搖るがせり

心病む月か満ち欠けうるはしと躁鬱の闇を讃へられつつ

絶對の偶然あらば賭けむとす死の赤玉は美しからず

紅葉《こうえふ》の始まるなかに百合咲けり高砂百合とふ異界の民よ

大笑ひなせるグレタ・ガルボこそまがまがしけれ革命のビッグバン

對幻想世界の終はり松明を頭《かうべ》にのせて牛奔り來よ

ありがたうとさやうならのあはひ何者にも摘まるることなき薔薇咲かせたし

白犬を喪ひしより飲食《おんじき》は華やぐ常に最後の晩餐

サド侯爵紫の目をもつらむか死にたる井戸に星降るらむか

海と死の呼び交すこゑ聴こえざる耳を飾らむ炎のピアス

空色のヒュブリス・傲り、破滅へとわれをみちびく勿忘草《わすれなぐさ》や

海と波

はるかなる二人称ひびきタキシード素肌にまとふ　きりえ・えれいそん

少年の十字軍かなしさらはれて神の名知らぬ夕鶴となる

サクレクール・聖なる心臓、坂上り上りつめたる詩の別れまで

江南の春に逢ひたし愁殺のまこと知りたし　水、花、こころ

旅をせぬ旅人われは豚小屋の正餐戀ふる嘘つきユリス

見ゆるものは見えざるものを受肉すと海に立つ鳥黒からなくに

林檎園、花咲く季《とき》を非在なるわたくし匂ふ空の記憶に

姫なりし小鴉、白かりし大鴉、存在の傷を抉る詩人よ

戀ならずあくがれならず木蓮《マグノリア》の女たまかぎる夕《ゆふべ》みだるる

かにかくに魔界入りがたし犬死にて仔犬を飼へる薔薇屋敷はや

水仙は消えたりコロスのうたひびき男のみなる悲劇終はるも

天地創造以前のぴあのぬばたまの闇の中よりショパン血を喀く

いづかたもマリエンバート伊太利亜の訛り耳につく未知のわたくし

銀のチューリップ胸に插すこと永遠に近づくことと今ならば言はむ

雨の日は死にたくなきに紫の賜物の傘ささば煉獄

梅の木は老いてかぐはし神をだに信ぜずあらむ地震《なゐ》にふるへず

一生《ひとよ》なる戀も過ぐればうたかたのさくらに如かず神は隱るる

夕映に緋の髪となる秋草のわれはなみだを忘れたりけむ

金木犀去年《こぞ》は沈黙ゆくりなく罰するごとし生を知らぬを

アヴィニョンの教皇廳にきみかつてかがやきしかば捕囚に肖《に》たり

南ふらんすのラマチュエルその小さき墓に土葬の天使

泥のごとく貝のごとくに在り經してさんたまりあと呼びたきものを

星星の等級かなし天界も革命あらむ遊星よ立て

妖精は豚の尾もつとわれに告げわらふ妹すきとほりけり

夏帽子犬に被らせまひるまの銀河のほとりゆく狂《きやう》の日よ

キケローのまなぶた閉ざす寒月や二千年生きて戀よりも友

自由人太陽は奴隷なる地球に命ず〈言葉をもちてわれに仕へよ〉

水時計しづかに狂ひ水いつか貌《かほ》を見せたり化粧《けはひ》したるを

星一顆掌《てのひら》に享け今しばし生きむと思ふ死刑囚われら

海と波、かもめと十字架、紺青ゆ純白へ、詩歌から存在へ

永遠舞踏會

いつまでもさくら咲きてゐるこの庭は書くことを止められぬジャンヌ、われなり

ふらんすゆ無事かへりなば何せむか卽身成佛の法まなばむか

パリの橋そのいづれかに出會ふらむ亡き犬きよらなる物乞として

たまきはるボナパルト書店にまたゆかむアジアの女ちひさくとも魔ぞ

ちひさきちひさき寶石となり坂道を轉がりゆけり、マルセイユ、夜明け

ポンピドゥセンターの裏にわたくしが捨て犬のごとく佇ちてゐたるを

シャルトルまで巡禮せむかさびしさのきはまれるとき玉葱あまし

鰤大根地獄のごとしランボーをそらんぜむとて虛しかるらむ

月光といふほどの月光知らぬまま小鳥のやうに海蛇のやうに

さみどりの檸檬を生みし少女なり死に近き李賀の手にふれにけり

ホメロスに眞理あらねば犬たちは折折吠ゆる汝ら正し

海の意志にあやつられたる一生《ひとよ》かも海豹白き幼年の花

イエスには友は在りしかさにつらふ妹《いも》と議論せしひるつかた

サン・ジェルマン・デ・プレ教會の廣場にてラピス・ラズリ拾ふその人を見ず

ちちのみの父虐げし報いにやいのりの羅典語こゑとならずも

修道女われはおもひみがたきに革命家われはなほあやしかるらむ

薔薇科植物つどふ夕のささめきや永遠舞踏會われも入りたき

十字架に架かる犬たち想はれてくるしき朝はアスパラガス戀ふ

地下室の記憶朧ろに月いでてコンブレの二階のみを照らしき

棒立ちの分身のゆくブーローニュ如何なる鳥もつばさたたみて

扇ひらくすなはち宇宙膨張のしるし星星は菫のアヌス

ロワールの城のいづれも荘厳の水の女とおもふかなしさ

地中海の魚たちと語る幸福論あをきオリーヴのひとみに刺され

さかしまに雲雀落ち來る夢の陸《くが》、エウローペならばしばし堪へむか

北驛を臨界として別れたりたましひいまだ冷ゆる三月

ギリシャびと古代ギリシャを返せとぞ呟きにけり傘ささぬ雨に

リラの雨いづこに降らむあかねさすむらさきは追放者わたくしのいろ

ネックレスひとつ買ひたるゆふぐれの質量知らざらむアインシュタイン

飛行機は妖精のごと船は魔女のごと美しきかもわれを惑はす

さくらちらし天使を潰すははそはの母よ馬上ゆたかにひとり

## 静止飛行

友とわれと濡羽の鴉、電線に竝びてゐたる今朝の世界よ

洗濯機はたらく朝をベラルーシ、ベラルーシとぞこゑにいだすも

天使こそ静止飛行《ホバリング》なせ秋の日はくうかんふかくことばみちたり

## 花園

わたくしはくわんおんなればゆめにだに怒るまじきを馬頭くるしも

馬小屋のヨセフくれなゐの心臓を天に向けつつはたらきやまず

けもの追ふ犬のさびしさ卵生のさびしさに似むしづごころなく

わが欲るは月桂冠《ロリエ》にあらずひとりごの、かのひとりごのひそけき泪

Kといふ男流るる星なりやKといふ女書きたきものを

美しきナイフ買ひたしページ切り天球のごときまなこ切るべし

青空は石の花なり壱萬年に壱度咲かむと告げて汝《な》が咲く

胸叩きなげくいにしへ運命は岩のごときか水のごときか

今日といふ天體泛ぶ宇宙なりすなはち光年の彼方のカフェオレ

わたくしは三たび否みき　父の愛、母の愛、きみの愛　朝焼

瀧となる自由のために大河となる幸福のために泉となる存在のために

良夜には黄金の犬、長夜にはしろがねの犬ゐたるふしぎよ

みづうみに人格あらむきみと見しさびしがりやのみづうみみどり

紫陽花の森に放たれ未生なるわれを想起す地球儀なりき

ふるへいづる指のたましひたまきはるわがたましひと匂ひ異なる

のちの世も良き友あらむか共に走る蜥蜴のやうなひかりのやうな

基督の妻なるマリー・マグダレナ髪ふりみだし聖母に向かふ

夏生みし虹の娘が瞬間の生にあらがふ脚のいとしさ

月光に紋章ありて狼のかうべを飾る荒野戀ほしも

アヴィニョンの初期ルネサンスの魚たちよイエスと如何なる絆持ちけむ

一角獣をふかく妬みて殺めたる王あらばかのタピスリー天に飛ばむか

神を隠す青葉若葉よおもひ繁るエロディアードの石の乳房よ

死の舞踏今しはげしき海の庭、潮みつる時を待てる魔《モノ》たち

目覺むれば赤き椅子なり不幸なる人を坐らせかがやかせたし

假面外し白犬に逢ふはつなつの雪の朝こそ異形なりけれ

夏燕われをわらひそなつかしき天の和音を拒めるわれを

橘の昔おもひいづるオイディプスあはれ三叉路は誰《た》が棲むところ

迷宮にわれをみちびくフェードルは光りかかやくいつはりの母

橋わたりまたかへり來るははそはの母をひなげしと共に束ぬる

腋下よりブッダ生まれし花園の花ことごとくほとにあらぬか

## パン屋の夫婦

まばたかず鬼となりつる少女たち彗星の尾にきらめきゐたり

この文字を書く瞬間が未來なり〈アメジスト〉と書き心冱《さ》ゆるも

チェロを弾く弟あらば愉しからむ深海魚のごとく合歓のごとくに

權力の存在せざる星に棲み不老不死なる犬となりたし

鉛筆と別れて久し鉛筆はかなしかりけり螢のやうに

忘れたる戀のかずかず白壁に書きつけしかば狂女の家か

帆船をひとたびも見ず港の子われはさくらならぬさくらさう

ポリ袋いづこより來て風《かざ》なかの朴の花こえ天にゆくらむ

蘭、蝸牛《くわぎう》、饗宴、この世うるはしとまなこ細めしとき撃たれけり

全身に赤まとひたし埃及《エジプト》にゆきたし硝子の城つくりたし

傘の一生《ひとよ》は幸せならむかにんげんにひさかたの天の秘密隠して

かぐやひめアセクシャルなりき月の都自由なるらむ竹林のごとく

老いたる海、汚れたる海、わたくしの海、かもめ灰色、船は薔薇色

夢に逢ふジュリアン・バトラーしんじつの存在なりと脚にふれさす

白鷺は白鳥を水晶はダイヤモンドを妬むことなきこの美しきいづこ

恐怖にまなこみひらきて死にゆける子どもたちある限り神は流血すべし

さくらさくらさんたまりあと唱ふれば白犬の聖母われに來《く》べきを

地下水道を逃げてゆくときははそはは共にいましき指輪のうちに

美貌とは隕石のごとく來たりける禍ひにして突然に去る

ポンペイのパン屋の夫婦大いなるまなこをもちて死ぬることなし

トランプを切らばやたまかぎるゆふぐれの無限旋律待つ女われは

みごもりにあらずも心臓ふたつ打つあした天を追はれし天使を背負ふ

夏の中に極寒の時間在りちはやふる神と神神が對話なせるを

百合あまた抱きて越境せむとすも向かふは邦も星も無きところ、ネアン

オランジュリー如何に匂はむまなこのみ巴里に莊子の蝶のごとくに

戰爭と平和は雙頭の鷲ならむひそやかに愛しあふ殺めあふ

疫病われを存在として立たしむるふかしぎありぬ人に知らゆな

一杯の珈琲飲めば宇宙ひとつたなごころに在り紫宇宙

太陽と竝びてめぐる空愉し鳥のこゑごゑ文法を知る

美しき惑ひの星の青よりもすみわたる目よヒューマンロスト

## 宇宙追放

黒日傘高くかざせば炎天にマリア・カラスのこゑひびくなり

東福寺境内を泣きながらあゆみけりただ屋根の反りが怖ろしかりき

京都はた奈良の暑熱にメフィストのごとく灼かるる都とは何

鹿王院に泊まりし夜夜ぞ大いなる鹿は一生《ひとよ》の秋に見るべき

なにゆゑに祟らざりける夢殿の救世観音か祕佛解かれて

薔薇窓の鉛の線のくるしさよ光と色のはざまに堪ふる

ノートルダムに上りしわれは前世紀の恐龍なれば飛ばむとしたり

ヴェトナムの少年とおもはれし愉しさやセーヌ左岸に書物探すに

さらはれてカフェ・クーポールに入りしかば天井ゆひびく問ひがありしを

硝子のピラミッドてのひらに載せてかへらむわが墓ならむ

城あまた教會あまた神ならぬものの作りし神の國ありき

すきとほるヴェールを石もて彫《ゑ》りにけるベルニーニの狂氣、風になびくを

一心に死をかんがふる夜半《よは》とても薔薇の素粒子匂はざりけり

革命は怖ろしけれど細胞のひとつひとつが革命ならむ

改憲を許さじと思ふひるさがり毛蟲の妙《たへ》なるフォルムに見入る

天皇制、自衛隊容認のリベラルを訝しむとき露草濡るる

蒙昧のわれもちひさき權力かいつか文學報國言ふやも知れず

白は黒を黒は黄色を攻撃す　黄金《こがね》、黄泉《よみ》、黄鶺鴒《きせきれい》われら

母はいま地獄の女王　鬼どもに大き眞珠《しらたま》探させつるよ

アヌス、宇宙に通ずとはまことなるらむ　仔犬脱糞の快樂《けらく》を見たり

書物よりシスティナ禮拜堂にゆくべしと言はれし二十年前名醫Kより

いまだ見ぬ「最後の審判」に問ふ神殺しと親殺しいづれ重からむ

ちちははと伯父の三角形よりぞわれは生まれて球體を惡む

つるぎ見て失神なせる暗殺者ロレンザッチョよわがいとしごよ

光秀の水色桔梗《きちかう》　謀叛なす主《あるじ》をもたずあるは言葉か

アメリカと中國に分断なされなば海賊とならむ老少女われ

ロボットが子を産む世紀、陣痛は死語とならむか彼ら痛むか

夏さればゴミ収集車の音樂を天の和音と聴ける朝けよ

黄金のたてがみといふを持ちたきにあたへられたる土星の環なり

宇宙追放近かりなむかたれもたれも聖人なる法悦の銀河系

フォーマルハウト

星屑を容るるごみ箱なかぞらに泛ぶうたびと生死《しやうじ》を問はず

つひに星と呼ばれざることかなしまむフォーマルハウト戀ふる冬月

踏まれたる月のおもての復讐の深井のこころ匂はざらめや

羅針盤

世界中の海はひとつなる怖ろしさ不意に迫り來る正午電話鳴る

砂糖菓子うすくれなゐに染められて何かを待てり孤悲ならなくに

光りつつ大き黒犬とほりすぎ火星は軍神の貌とりもどす

カーネーション落ち著かぬはな生者死者とりちがへたるままにほほゑむ

卓上に森閑と居る未知の老女小さき象牙の杖もてりけり

鞄ひらきレモン取りいだす若者よ虐殺の未來ほの見ゆるとも

針山に待針多く縫針は孤獨の相にて默し居り　母よ

血のやうに光のやうに走りつつ夜を書きつづく、走れホロヴィッツ

死の前の紅葉《こうえふ》たのし花よりもするどく豫定調和を拒み

羅針盤はつかに叫ぶ北なりと夢なりとダリアもてその口閉ざす

牡蠣とならむ未來おもほゆ乳白のいのち食まるるともやはらかならむ

炎えながらうたひつづくる恒星のふかきさびしさ殉教のごと

ギルガメッシュその絶望の物語アキレウスを生み倭建へ

憂愁は驟雨のごとく訪れて去りにき　われは巴里の舗道《いしみち》

極東の古き詩型はほろぶともダイヤモンドダストならましものを

しんじつはこの老木の幹のなかたれも知らねば梅實るまま

猫來たる庭のテラスに食事せむいつか匂へる霞を食みて

數學と哲學知らず詩を書くは全き愚かさ死海に泛ぶ

磁石の精おもひいづれば鐵戀ほし鐵の時代に英雄は死す

夏に咲く水仙あらば黒髪のヘレネーあらば性なかりせば

口唇より肛門までの旅路かなくらやみにしてアントナン・アルトー

久久に毛蟲を見たるなつかしさ蝶は不穏なるいきものなれど

何ゆゑに耳は斬らるる聽覺はこの世かの世にかよへるか、あな

燐寸《マッチ》知らぬ子どもたちこそ幸ひなれ燐寸には親殺しの呪文ありけり

自轉車に乘らずは宇宙にゆかれずと欺きたりしグラジオラスよ

雪子の下痢美しかりし細雪、美しき嘔吐なかりし記憶

マラルメの扇、プルーストの扇、いづれの風か涼しかりけむ

たまきはるわが夏物語、夏といふ人類最後の季節はげしも

氷河死ぬる叫びはとほき赤道のをとめにとどくみごもるをとめ

土中なるジェラール・フィリップうつくしくおそろしきすがた永遠といふ

## 風の星座

多言語にあくがるる光なつかしきゴキブリわれを殺したまひそ

瀧と松とシャンパーニュあらば生涯を終へても良しと鴉ささやく

瀕死の白鳥スワンの病は癌ならむ肺炎に死にしプルーストの吐息

裸眼にて見る月讀《つくよみ》は琵琶に背《に》たりき平家語らむ

カフェオレのボウル買ひたし鉢かづき姫のかうべを入るるほどなる

ふらんす領レユニオン島に棲み罪ふかき人を愛してうた詠みたきを

いろせなるポール・クローデル、黄金《わうごん》の姉カミーユを人形《ひとがた》とせし

炎ゆる髪、片方の靴、男なるただいちにんの心臓にささぐ

海の底にひとつの顔が沈むとき大熊座子熊座交はりあへり

三島由紀夫大天使なるこの世なりつるぎと共に宙宇をゆくも

友はハープ、われはオルガン、うつそみの違ひに氣づく天地紅《こう》なり

寶石は不死のくちなは光りつつ妖しき舌のいづるゆふぐれ

永遠の本歌取なる遺傳子のさびしも突然變異の花あれ

納豆は魔の食べものかチーズよりたましひ淡く羞《やさ》しからむを

失ひし井戸の肉體わがうちに息づき戀の水涌けるなり

時計草植ゑたしまことの時計なら白犬さくらふたたび死なむ

古代世界の知の扇なるヒュパティアのいのちかかやく新世界より

カーネギーホールを一輪の蘭として疾走す生殖にかかはらぬぴあの

夏の毛皮まとふイエスの女装こそつきづきしけれモンパルナス大通

ちはやふる神神にアトミックボムを渡しなばトロイ・モナムールとはにかへらず

天體に寝室ありや不眠なる天體とふはくるしからむに

那智の瀧、太秦の彌勒拜みたしにんげんならぬ言の葉として

東洋の殘酷、西洋の殘酷の以前に海の殘酷在りき

泉鏡花この上なき名ぞ尾崎紅葉にんげんの有限見ゆる名かなしきろかも

シャガールの馬を愛さず神神の馬を花束のごとく描くゆゑ

中世の森のふかきにきのこたち会議せりけり魔女ならぬは誰《た》そ

牡丹花に丈高き身をあたへざる天とはけふも壁のごときか

表現者ならずとおのれを言ふ友の大き瞳にわれは山鳩

羽根ペンと羊皮紙あらば天金の書物をわれも成すべかりけり

風の星座生きむとすらむ火と水と土の契りはわれにふさはず

嬰兒

カンガルーのやうに宇宙のほのぐらき袋の中にてうた詠む嬰兒

草茫茫夢茫茫の庭に棲む白狼よ　汝を師となす

乞食《こつじき》の小町にパンを恵みたる若きナザレの大工は無きや

ささなみや志賀寺上人寂滅の匂ひ浄かれゾシマのごとく

草枕旅に逢ひたるけものたち荆の冠ふさふものたち

ながきながき橋渡りつつ眼下なる水面《みなも》覗けば酔李白溺る

去りがてのひとを去るとぞ若き日に不可解なりしベレニス、秋風

マーク・ロスコひたすらさびしパウル・クレーさびしからざる鳥のごとくに

曼珠沙華いづこに咲きしみほとけのかくしごのやうなる花よ

美形なる帝釋天は東寺曼陀羅の後方におはすかなしも

殴られしことなき一生《ひとよ》遊びつつ惑ひつつ青きテラはめぐるも

砂漠より神は生まれて太陽ゆ核はまねびて水はいづこに

わだつみはおのが狂氣を恥づるとも鏡みだるるやうにみだるる

陣痛を知らぬ壺たち光りつつ棚に竝べりおのもおのも白く

雪月花いづれか眞の友ならむいづれか人類の裏切りに堪へむ

蛾といふを久しくも見ずぬばたまの夜《よる》の世界ゆ捨てられたるか

無原罪のマリアを生みしアンナその老いたる産道くらぐらとして

特攻隊の兵士ら仔犬を抱きてゐるうつしゑ娼婦を抱けるうつしゑぞなき

大元帥白馬に乗りて微動だにせずそよそのままに裁かるべきを

擬態とは美しきかな蝶は枯葉にちはやふる神神は人形《ひとがた》に

ポリーニの老いすべらかに近代の病一身に背負へるぴあの

氷襲《こほりがさね》ふさはむ明石の御方よつめたき胎《はら》ゆ姫いでにける

魚と貝と共に賣らるるふしぎかな死にたる神と生けるみほとけ

光明寺に母と食みたる精進の料理大方光《かげ》のやうなる

シャルトルの薔薇窓母と見まほしを共に狂女となりてかへらむ

母よりも白犬さくら愛せしよ犬のごとく死なむわれなりければ

ちちのみの父を蔑《なみ》せしわれは今ささがにの蜘蛛に蔑せられける

北極星と南十字星ひそやかに見つめあふ時刻よみがへる子よ

ふらんすにゆきたけれどもあかねさすふらんす文學はわれを救はず

たまきはるロシアかなしみ嬰兒より胎兒にかへる紫水晶

## 雪月花の外

よごれたる動物園の白鳥を想ひいづるもうたはむとして

大いなる蟬を見たりき父ならば呪ひたまへと念ふとき去る

青空の破片降り來る眞晝間をわれら等しくうたふ犬たち

狼が犬となるまでひさかたの銀河にくらき壁見ゆるまで

永遠のうちなる一日《ひとひ》過ごしたるいぎりすに逢ひし一羽の鸚鵡

孔雀の子、そこはかとなき威をもつを星の奴隷のわれは泣きつつ

悪聲の尾長はされど美しや世界共和國の夏より來たる

夏死なむわれかさらじか伊太利亜の菓子流行るとぞ熊蜂に聞く

ゴキブリをきらきらしと見るわがまなこ硝子玉なりころがし遊べ

彫刻とオブジェのあはひゆく蝶をひたにおそれきことのは以前

猫宇宙猫座猫星尾を立つる夜半《よは》か存在かたぶきゆくも

亡き犬の匂ひ殘れるうつそみのあはれといふは雪月花の外《ほか》

モンブラン

あかときを父と母とがうたひつつ定家《ていか》葛《かづら》のわたくしを生む

世界は夜《よる》、われはゆふぐれ、紫のひかりを妬む森の昏さよ

つきしろに旗を立てけるもろこしの詩歌かなしむ牡丹はひとり

青龍に別れ朱雀に出會ひけり師走半ばのさざんくわの銀

亡き犬の星は卯生まひるまを北辰妙見にふれなむとせり

反り橋となりたるすがるをとめほどさびしきものはあらぬこの世か

帽子脱ぎいづこへゆかむ佐保姫はいまだ來たらず永遠に來ず

純白の鬼とあそべる椿らのほほゑみいつか凍れる國や

水時計はろけきかなや教會の上に重ねて教會は建つ

ゆきて見むふらんすの井戸落馬せしアルベルチーヌわが影となる

くちびるをふとも忘れて戻りけりごきげんようを天に言ふべく

水仙の眸《ひとみ》澄む日や太陽の馬車より降りしわれを知らゆな

ペストとはナチスなりしを茫然と考へゐたる庭に妖精

ひよどりのほしいまま美《は》し鈍色のつばさをしばし借りたる夕《ゆふべ》

夢に逢ふ良經こゑのみどりなるゆゑよし知らず買ふモンブラン

何者と院に問はれてあけぼのとしづけく答ふ死の歌合

眞冬さへ舞ふ蝶あれば現世《うつしよ》の黄色かなしもカノンのごとく

プルーストの晴雨時計人形の面影をとどむるひとよ病禍の街に

貧困はありあり見えて見えざらむ夜の梅のはな遠火事に炎ゆ

どんぐりと黒き水もて生くる豚わたくしなればたましひは薔薇

噓つきのオデュッセウスに戀したるアテネか否か不死は死の妻

麥畑なつかしからずと言ふゆゑに大地母神はわれを愛さず

シャルリュスの銀髪ながれわれながれ天球ながれさくら生まるる

うつそみに虹かかりたるひとときを知らで逝きけりきみ山なれば

潮風に撓む硝子の呼吸なり自由といへる一語のために

政教分離《ライシテ》のふらんす今し揺れゐるを如何に見るらむ火刑のジャンヌ

沈黙の白鳥かたまりゐたりけりその水際《みぎは》こそ詩歌とおもへ

よろこびありや

立冬の萩のくれなゐまなかひにうた詠むことのすさまじきかな

冬紅葉われをふみゆく少年のさを鹿あらばわが師なるべし

女性なる唯一の白き麒麟とは明日のあなた殺されにけり

死にし友の賜びし陶器に顔ひとつ青もてゑがかれゐたる　わ・た・く・し

さまざまの愛に別れて弦樂のひびけるとほきこの星に來ぬ

われならずにつぽんならず永遠の伴侶求むる白鳥の在り

河津櫻黄金《こがね》にもゆる冬の日のきみは問ひます〈よろこびありや〉

片足立ちのたましひ

天皇の氣配あやしき水無月の草叢に立つ亡靈は誰《た》そ

ちちのみの父は軍馬と眠るとぞわれはミイラの青まとふ夏至

視界白くなりゆくまでに降る雨の彼方より來る獨裁《ディクタトゥーラ》よ

すりらんかびとを殺ししそらみつ大和雨降るみづがねの雨

犯されし月の桂のさやぐとき白狼の歌ひびくなり

くちなはととかげは神と天使なれ天使きらりと神を裏切る

魚《うを》すなはちキリストを食む日日つづきこころおとろふる極東の魔よ

病葉《わくらば》の消えたる椿らんらんとゴヤの巨人になりゆくごとし

咲かざりし枝垂櫻のさみどりが訴ふるもの天地人知らず

たまものはぶだうなりしをれもんとぞおもほゆるまで青年を戀ふ

黄禍論ふたたびいづる世界にて黄泉《くわうせん》のほとり母は生みつぐ

變化《へんげ》なすウィルスにコギトあらざらむあるいは薔薇のクレドはありや

灰色の海に向かひて新しきわたくしとなるたとふればチェロ

花の木に隣り合ひたる電柱のかなしみをもて荒野へゆかむ

空ひくき曇天なれば神はわれに近づきたまふゆるしたまひそ

梅の實は落つる瞬間うたはむか愛の頌歌と知らざらなくに

ひよどりを見たるまなこに映しゆくカズオイシグロ憂愁の石

日本語の滅ぶとも短歌滅ぶとも宇宙眩暈の色や紫

柴犬の硬き毛にふれもえあがるてのひらをこそ死者の書に置け

釦《ボタン》ひとつ取れたる朝けユーラシア大陸ゆかくて日本落ちしか

スペインの騎士に見《まみ》ゆる朝な朝な片足立ちのたましひとして

萩の枝に四十雀乗り地球外生命のごとくゆれゐたりけり

ひるがほとどくだみ竝び咲く驛は明日の天使の旅立つところ

流れ星とよばれたること限りなき幸ひとして大氣圏に入る

飛び石の小さきがものを言ふ朝はあないちめんの曇天なりき

葡萄酒を水で割りにしギリシャびと　露草の青の奥處に棲まふ

可憐なる翼龍を知るはつなつや說かばさびしき韻律のこと

ワンピース素肌に著つつアフリカの大いなる飢餓のつぶて受けたり

林檎とふ資本にたましひ摑まれてとかげの虹を羨しむあはれ

ひさびさに船の汽笛の聞こゆるは月の美しからぬ夜半《よは》なり

樹となれる娘は母にごきげんようを言ひけりわれならば言はざらましを

糞尿をうたふ白鳥ラブレーを友は讀みつつ死を語らざる

ピアノ線うちに祕めたる教會の階段上り下りきしらべの初め

ハーモニカ今も吹くらむ子どもたち胸に迫れる光年の戀

紫陽花の頭《かうべ》をふりて人と逢ふ人たちまちに雷神となる

梅の實を拾はむとしてためらふは復活あらむ鳥たちのため

羊歯、いいえ羊歯群落のうつそみと知るはカマンベールの白をふふみて

時計もたず過ぎゆく日日のしろき花しらほねならむ光り光る光れ

鳥が鳥を追ひ抜くときのため息をはつか聴きつつギリシャ文字あやふ

多産なる今年の梅の樹を撫づるすなはち永遠のみごもり女われは

有翼の白犬庭に遊びけりこころ貧しく夢見るなかれ

東洋ゆ西洋へゆきかへり來る百合、　紫陽花の青きアウラよ

仔羊にセーター著せて育つるは疫病の世の女庭師

ごみ箱に捨てたる菊の美しく咲ける朝けを神よびつづく

ひめゆりの戀はくるしも萬葉ゆ沖繩戰に至るはつなつ

絲滿の洞窟にかくて死にゆきし伯父よウチナンチュよみひらきてあれ

ヤマトによるヤマトのためのいくさなりきみが痛みをわかつまで生く

しんじつのふらんす、しんじつの沖縄を知る日あらむか紺青の扇

こはれゆく脳《なづき》を銀河に浸すまで落城のおもひの火をゐがくまで

萩すでに咲きける庭のくれなゐは水無月の變たふすべし今

天衣黒なり

復活の八月來たりにんげんの底なる沼を潜る水鳥

悪疫のうちなるこころうたげなす敗戰記念日天衣黒なり

石につばさ次次生ふる羞《やさ》しさよ罪なきものら惑星を去れ

逝く夏の虹のごとくに夢に來し白犬さくら魂《こん》反りかへる

奴婢ならむ遠き祖たち朝焼と夕焼のもと交はりにけむ

さびしさに鬼燈となるゆふぐれを卑怯者とぞ天に吊らるる

月光に血流今しきらきらし大和歌射る弓とならむか

晩夏光浴みつつわれらくらがりを手探りにゆく如何なる繭か

ひさかたのレンズの起源レンズ豆いのちのあらばふたたび食まむ

壺のごとき月立てりけり満たすべき宇宙の乳はわが胸に在り

海近く遠きわが家に百合咲けば心臓ふたつ在る心地すも

黒妙《くろたへ》のたましひひとつ泛ばせてにんげんのごとく湯浴みせりけり

ジェノサイドの九月一日むらぎもの手足痛めり死後も痛むや

沼空の忌日をさむみ朝寝してかたらひにける半神半馬

レジスタンスのごとく咲かざる萩叢よ花より美《は》しき思惟のしらつゆ

風媒花

時じくのさくら死すともコスモスは絶えざるものかわが息にゆれ

風媒の花なるわれを野に放ち戀を禁ぜよせきでらこまち

睡蓮は胸に咲くはな呼吸器を守らむとして秋のみづうみ

青楓九月も青しソクラテスをさなご置きて逝きし素足や

光年はたちまち過ぎて交合の絶えにし星にたれもきりすと

一日のなべてゆふぐれなるごときひと戀ほしさよ受胎告知か

ささがにの蜘蛛のレースをまとひつつ石の花嫁はつかに笑まふ

あけぼのは薔薇の指もて愛撫せり性なき世界よこたはりつつ

ささげもののわれらほろびて金の星、銀の星、絕對孤獨をうたへ

帽子屋と時計屋いづれかなしきか朝の珈琲は少女を沈め

かすかなる腹痛つづく秋の日や彌勒菩薩に抱きしめらるる

洋書來て萩咲きそむるあしたかな地球は唯一の星にあらねど

ちはやふる神のひたひを踏むために赤きハイヒール履く老女在るべし

海近きけふと思ふは次次に手をもがれゆく千手觀音

能を見ず歌舞伎を見ねばたましひは古代ギリシャの毒蛇のねむり

鏡とは何者ならむわれを火に火を音樂におんがくを死者とす

忘れたる死者の扇や秋風におのづからひらく告白のごと

昨日より今日花ふゆるくれなゐの萩に向かひて萬葉びと畏る

海はいつ若かりけむかポセイドン壯年にして怨みふかしも

密林を破壞せる者密林に知を求めたりわらひ死にせよ

美しき顔ひとつ在り月といふ宮澤賢治の忌日のひかり

萩叢に狂氣を捨てし妹よ未生のをみな丈高きかな

ピアノ彈く少年を生み秋の夜のシャンデリア生むぶだうのみどり

中國とアフガニスタン國境のワフジール峠青き薔薇越ゆ

くちなはを庭に見たりしただひとたび女王のごときわれと思ひき

赤《あか》蜻蛉《あきつ》母かさらじか飛び交へる無原罪なるそなたたちはも

萩咲けば晝も月光匂ふ庭メリーゴーランドいのちを乗せて

亡き犬のクローンはつか夢見たるわれを罰せむ立枯れ紫陽花

春の天球

なかぞらにをりをりねむりわだつみをこゆる鳥たち母たちのごと

地球外の文明のことひそやかに語りくれたるヤモリはいづこ

ひときれのパンを盗みしにんげんは星座となりぬ春の天球

魚なるイエス

海の狂氣、陸《くが》の狂氣を忘れざる十年《ととせ》といへどなかぞらに生く

そのゝちのみちのくを見ず夢うつつながめくらしてわが罪を見る

許さるるいのちならねばひめごとのごとき朝焼さくらの彼方

福島の美しかりし春のこと今もうつくしからむふくしま

三春野の瀧櫻くぐり何者かわれを通り過ぎたる心地せりけり

他者なりしふくしま光るゆふぐれの阿武隈川や老ゆるとは戀

ふくしまの土と交はり桃の實とならむ未來か犬亡き夕《ゆふべ》

ふくしまは鳳《おほとり》なればはばたきて今しわれらが空を覆へり

みちのくとはそも何ならむ月光の融《とほる》を鬼に變へたる笛よ

わが越えし末の松山裏切りは愛の全きかたちぞさくら

＊　　＊　　＊

われに遠き自轉車、蜂蜜、うすみどり、手つなぎ眠るラッコ、有明

バケツまた存在にして倒立のゆゑよし問へり師走廿日朝

掃き溜めに蜘蛛のなきがらきらきらと天界の雲ゆ光とどきて

現世《うつしよ》のたれよりも長き髪曳きて公轉したき冬至のこころ

古代より黄玉《トパーズ》在りき綠玉《エメラルド》在りき太陽神を飾れり

死ののちも夢を見むかとハムレットためらふこゑに雪は匂ふも

鏡の閒わがうちに在り王宮に在り有限者かかやくために

冬紅葉龍女成佛信ぜざるわれはははそは、ははそははは犬

天界のくちなは龍とおもふとき慄へやまざるけふ降誕祭

われよりもわれらと友の言ふあしたシクラメン緋なり人類は火か

周庭《アグネス》といへるをとめを守るべき言の葉ぞなき凍れる花に

凶器幾つかばんに入れて上りゆくこの坂道は神のひたひか

寒月に帽子被らせ少年は去る妹のパンを求めて

釜ケ崎越冬を想ひ英雄と女神の對話讀みなづむかな

下著買ふこのひるつかた殺めたきいちにんも無しすべて死者なり

この世にてかへす能はざる友情か鮨食めば鮨のたましひ寒み

六道をうたへと香るぬばたまの黒薔薇《くろさうび》賜びし友か大歳《おほどし》

黒薔薇《くろさうび》ひらきゆく夜や百年の孤獨よまばや變若《をち》かへりなむ

黒薔薇《くろさうび》あかあか咲ける新年《にひどし》を見えざるウィルス舞ひてことほぐ

＊

＊

＊

福島ゆ沖縄に通ふ一筋のみづの流れや魚《うを》なるイエス

犬妻かへらず

わたくしといふディスタンスなかぞらへ投げし十六歳の切り髪

永遠のディスタンスある父母《ちちはは》ゆ泪のごときわれ生《あ》れにけり

星星のディスタンスいつか近づきて抱擁なせり天死ぬる日や

春の夜の月は崩るるジェンダーのやみに泛べり犬妻かへらず

たふれたる鳥の起きいで歩みゆく神話のごとき朝をひとりや

雪の上《へ》にしたたらすべき經血のもはや絶えたる一日《ひとひ》クー・デタ

ふくしまの地震《なゐ》を語らず原發を語らざる春、星はみごもる

ノン、ノン、ノン

ノン、ノン、ノンと高く言ひけるわがこゑに目覺むれば今し恐龍は鳥へ

〈私〉のあらざる天とおもふとき稲光りせるたれの羞《やさ》しさ

はつかりのはつかに戀ふるちちのみの父こそ鳥の道ゆ落ちけれ

井戸なりしわれより夢を汲みてゆく少年少女銀髪にして

土にふれあらくさにふれそのままにねむりゆかまし子雀のごと

幻の母と連れ立ちゆくところ動物園は犬猫ぞ無き

珈琲の精立ち上がり三たびまでわが遁走す百合のめぐりを

愚か者の涙は薄荷の匂ひすと埃及《エジプト》びとは言ひにけらずや

太陽は死後もまぶしく問ひがたき愛の言葉を告ぐるコロナよ

存在は魚《うを》なりければふれえざるわだつみの中珊瑚いとしも

友とわれと竝び歌へるミサに肖《に》る一生《ひとよ》とおもへ夏も木枯し

かたちとぞ訓む象の文字白ふかき牙を持ちたるきみは知らずも

夭折はつひにあらざる時じくの雪の結晶きよらの敵《かたき》

百の目を持てる孔雀に復讐のこころ在りなば逃れむかたなし

ちはやふる神を焼きたるステーキの赤に堪へつつ逢ふ夜かなしも

生きながら叫びながらに星葬の天を巡れるライカよライカ

忘却は蓬萊宮の楊貴妃の衣のひだゆ立ち昇る氣や

さびしさや富嶽三十六景のいづれにも無き戀のけぶりは

美しき日本の私ガス管をくはへたる日の天の唇

全世界の芭蕉に向かひけむりぐさ吸ふうつそみは千年の死者

古代女王卑彌呼のころに物語る白犬在らむこの星の庭

死の際の弦樂七重奏曲にハープ入れたる父に唾せよ

女身より生まれざりにし少女神そのひそかなる憂ひ知らばや

いつまでか矢車草の青きこと疑はざりしわが遊星期

わが罪はそも何ならむ一房の葡萄のごとく在りしことのみ

野分ゆきし空にわらへる月のかほ刺したるのちのわたくしならむ

夢を見ぬ日日に想へば胸よりもそびらうるはしき鳥よけものよ

自己愛の指輪外せばひかりけり夜《よる》と葡萄と山羊と帆船

少年のピエタは立てり夏草が秋草とかはるおもかげの日を

八月が逝くは夢殿死ぬるごとかなしきものを大和ほろべよ

皇軍の裔《すゑ》なるわれが鮎食めばはらわた苦きトロイア戰爭

灰色の砂塵の中を引き摺られゆきたるわれの韻律の魔や

ながらへよ藥もつひとよたまかぎるほのかに思ひいでよ鳥の世

鳥もまた狂氣は在らむ飛ぶことをうたがひにつつ星に近づく

常人の持つべき星が無きゆゑにわが天球儀ひとところ泉

生きて在るいのちの遠さ碧落《へきらく》のごとかりければ方士《はうじ》を呼ばむ

李賀を知らず鬼を知らざる老少女わが胸に咲く紅き睡蓮

蟲めづる姫めづる海のくわんおんは暴悪大笑面のみがきらめき

法悦をエクスターズとよぶきみの惑星の手にすすきしろがね

ブリュメール十八日を讀みさして釣鐘となる無明長夜の

亡き犬と秋のさくらと革命といづれに寄らむ玉藻なす身は

愛弟《いろせ》なき今生さあれ紫をまとふ無念の死者たちのため

權力に抗ふ秋の樹木らのなかに青きは斎《ゆ》つ眞椿か

たまきはる言の葉われは紅葉《こうえふ》し生死《しやうじ》の海をかがやきわたる

まひるまの月光見ゆるけふならむ胸分けにゆく萩のつめたさ

飛ぶ鳥に黒髪あらばみだれなば和泉式部は如何に生くらむ

獨りとは桃の天冠いただきて小《ち》さき家《や》ぬちを舞ひ狂ふとき

死の日まで小面かけて歩みゆく地上の鳥よ鏡のわれよ

失ひしもののごとくに金木犀在りて在らざる秋こそはうた

翠

洪水の日日を生きつつ古宝玉おのもおのもにうたごゑみどり

水車小屋の乙女

新しきアイパッドよりにんげんの悲鳴きこゆるリチャード二世

初雪は大雪となり傷ましきこころを隠す實朝も公曉も

氣がつけば冬薔薇《さうび》ひとつ孤獨なるはらわたさらすきりぎしのかたへ

星の一生《ひとよ》かかやくことは愉しきか爆發の日はなほ愉しきか

わたくしが手紙とならむ冬の朝　銀の霜降り地上は言葉

カール・ベームおもひいづるもカラヤンははるかに杳し記憶の魔はや

人はみなやさしく怖きものなるを愛さずにゐられぬ殺さずにゐられぬ

きみと食みし鮑のステーキ殘酷なるものを戀とよぶなら戀は要らぬ

ふいに想ふ鯨の母は子どもを抱くか南極海にて南極海にて

夢見ぬは幸ひならむわたくしの夢は惨劇エリザベス朝のごとし

扇もつ日日消えたりな扇みな天使となりて街をさすらふ

アデューとぞ母は言ひける白犬は宇宙のごとく無言なりにき

大寒の星空みゆる烈しさよ星の奥にも星棲むらむか

蝶の來ず蛇の眠れる世界こそきみがものなれつらつら椿

おそろしき蛇の卵がかへる夢、なにゆゑ焼かぬとこのわれが言ひき

生きものは家族《うから》ぞさあれ石もまたわが家族《うから》なる、無生物に愛を

冬といふすきとほるものあといくたびわが生にありや森閑たる無よ

きさらぎの近づく羽音、天軍はわれらを皆殺しにせむか愛もて

熊の仔を抱《いだ》けるわれをとほく見るわれ夢かうつつか月明のなか

公園に遊ぶ子どもら二次元と知覺せりけり狂ひそめけり

からころも衣買《きぬ》ひたしとゆめみつつ霞食むなりとかげ食むなり

トマス・モア死刑の不條理說きけるをおのれまた斬首されけりな薔薇のごとくに

深緋好む友美しや貴種流離まことなるべしわれら永遠の冬

帽子欲る冬の朝なり小さき頭《かうべ》きよらなりける鳥たちのやうに

きさらぎが近づくすなはち冬と別るるをかほどかなしむきさらぎ生まれ

幻聴か空耳か知らず美しき水車小屋の乙女はわれぞといふ老女のこゑ

梅、櫻、らんらんと蕾つけたる冬の庭おそろし生きものあふるる地球

四十雀あをく光りたりと友の言ふ森の景色はわが魂《たま》ぞ友よ

新聞をとらずなりたる朝な朝なポストに空白の贈物在り

水のごと珈琲を飲むアラビアンナイトの香りせめてわれにただよへ

道化

きさらぎの風より生れて鑛物のこころもつこと犬神は知る

天使には性なけれどもかぎりなく男に近しと受胎のマリア

鳥たちは柑橘を愛す黄金をついばむことの夢ふかきかな

イエスキリストつひに入浴せざりけむバプテスマのヨハネはさらなり

シェイクスピアに道化ありラシーヌになきことさびしさの極み

王朝のうたびとなにゆゑ詠まざりし椿かその魂魄をおそれたりしか

わが椅子よわが死ののちはいつくしき無を戴せたまへあるはわが子を

白き大き鳥よぎりけりつばさあるくちなはとこそ見ゆれ立春

時計欲るこの春何か大いなるものにふれむ豫感す　空は空《くう》

梅、櫻、蕾のままに朝日浴むきさらぎ六日の水惑星未成年《アドレッサン》

十字架はとほき太古に幸せのしるしなりけむ枝と枝の愛

生まざりしわが子の語る奇譚集そなたボルヘスなりしかあはれ

聖母マリア青ならず緑をまとひたるただそれのみにてこよひの月大き

未知の花賜りたれば花入の壺を欲るなりカルデラ湖のごとき

鳥はこころ傷むものか炎ゆるものかひさかたの天使とすれちがふとき

つひに殘るは友のみならむ黒鍵と白鍵のあそび宙宇を奔る

死魚を見し池ゆのがれてゐそらごとのやうなる鶺鴒に逢ひき春凄まじ

誕生日の大雪、死の日もかくあれかし天《あめ》なる言葉烈しかるべし

消え殘る雪のさびしさ汚れたる白は叫びと白鳥が言ふ

指のみがいづる手袋たましひの端が濡れゐるきさらぎあやふ

祭日の公園に群るる子どもたち朝焼のごとき含羞をふふむ

お早うといまだ咲かぬ木に呼びかくるとはに咲かざるひとりごわれが

生みし子は雲に隠せり雲ちぎるる折折に見ゆ青空の吾子

寶石を育む地球、恐龍を滅ぼす地球、心はマグマ

マルセル・プルースト彌勒にはつか似ておそろしきかも淨からなくに

鴉飼ふ未來あらむか永遠の對話せむ汝優雅なるものよ

亡き犬は高貴なる他者に在りにしを妻とよびたりゆるさるべしや

道をゆく犬たち羞《やさ》しマルレーネ・ディートリッヒのごとく手をいだす

團栗を少女に渡し一日の罪をあがなふわれとおもへや

大雪の豫報外るるひるさがりカティリーナ彈劾演説のうつろかなしも

スキピオの夢のふれがたきキケロ死にその首を抱く首はうたなれば

聖ヴァレンタイン愛は死より生まるるかショコラみちみてる一日《ひとひ》の冥さ

鳥類の矜恃をもちてあゆむかな言葉より成るわが星の庭

黒

泣くことを忘れたるゆゑ　夕映は黒に近づく　犯されし夏の女神の　假面劇

銀河に映り　怒りとは紫水晶　原石を素手に掘りゆく　何者かあなたが問へ

ば　たまきはる第三惑星　氷河溶け時計溶けたり　北極と南極ふれて

オーロラも言の葉ならず　不死の人くちなはならず　カオスはたコスモス
ゆれて　恍惚と滅びむすべも　失はれたり黄金の尾よ
わたくしを象形文字と呼ぶときのきみは秋風むらぎもぞ無き

僭主《ティラン》

そらみつ大和の僭主《ティラン》大和に死にてんげり　あはれにあらずただあな、とのみ

背後より死は迫りけりまひるまをかへり見すればかぎろひにけり

亜米利加、天皇、邪教、僭主《ティラン》、戦後につぽんの黒のアラベスク

バロックパールのごとき月出づにんげんはにんげんを殺す夢にうつつに

コスモスを宇宙とよびしそのかみの宇宙はゆれてきららかなりき

うつそみに冠雪なすを知らざりきわれは火を噴く山と思ひき

ぬばたまの夢とうつつをむすぶ川　目に痛きほど紅き鯉泳ぐ

暗殺と明殺ありや星星の黙すまひるま問ひかけにける

いづこゆく思ひに坐るカフェの椅子　資本主義世界の薔薇翔ばむとす

青人草あまたの血欲りし命終は國母と名乗るいちにんのため

世を知らぬ純白の蝶われに來る夏ゆふまぐれ庭といふ他者

疲れたる天使はつばさ外しつつけむりぐさ吸ふ月光の中

につぽんのロゴス殺してみづからもロゴスの外に殺されにけり

石を積むまた石を積む崩されて崩されて桔梗《きちかう》は星へ

透明のわたくしならむさよならと言ひしかば樹樹はふりむきにけり

戰爭は海彼にあらず夾竹桃あかあかと咲く腦髓ゆ來たる

野分來むきざしか庭の鳥たちのあそび止みたりひたすらに食む

すすき若く松のかなしみ知らざらむ永遠に待つビッグバンはも

韓國《からくに》の邪教崇めて韓人《からひと》を蔑《なみ》したりける雙面《ふたおもて》はや

亞米利加の傀儡たるは祖父《おほちち》ゆ繼ぎたる道とたれも知れれど

内《うち》外《と》なる哀悼のこゑとどかざる被虐の民のひたごころはや

暗愚ながらアウラもちしか權力の育まむもの森羅萬象

裁かれて無慘の生を全うせよ　それのみに希ひし延命のこと

大勳位かくてすめろぎ死に至る負の圓環をなまなまと閉づ

死魚のごとく光りゐたれど泳ぎ來る鯉よたしかに生きて在るなり

鷺一羽手持無沙汰に立ちゐたる運河といへど水は戀ほしき

満月を見忘れたりしそのあしたおのれ満月と現じたりけり

につぽんをふかく愧ぢつつにつぽんのパスポート付けむわがうつそみに

國葬はくにを葬る秋ならばかへらざるべし血の蜻蛉島《あきつしま》

地球より大いなるレモンその酸を宇宙に満たせ大いなるレモン

梓弓

梓弓春にこもれる武器の音萬葉びとは愛でけるや否や

ツタンカーメン鐵隕石の短剣と共に眠れりつるぎは宇宙

夜櫻の窓にカーテン引くときのむらぎも堪へず血を流すなり

黒に近き土耳古桔梗を佛前に供ふるすなはち戰中のわれら

冥界ゆわが名を呼べる父のこゑいくさびとなる底昏きこゑ

花めぐりいさかふひよどり生き生きと存在なすを假象といふか

星の歌

星と星の言の葉いかに光もて話すはすなはち戀とおもふに

星もまた夢見むかビッグバン以前のあなた、　私ぞ無き

亡き犬の星は涼しく尾をふれり北辰妙見守りたまへや

漆黒の星ありやなし黄金の夜空にひそむ一顆あれかし

星の婚さびしからずや永遠に未婚のわれは銀河を流る

白

白犬のそびらに乗りて巴里へゆくわが執心を宥《ゆる》したまへな

## 薔薇色のコギト

ひたおもての巴里はいづこぞ敗戰忌夏の最中《もなか》にひたこがれゆく

北極をまさめに見たるさやけさや白き小さき月侍りけり

異國とはつゆおもはざる不可思議のわが身ひとつを風となしける

白犬のさくらはいまだ見いでぬも　神、人、天使の汚れゆく街

犬のごと日に日に老ゆるモナリザやさあれヨハネは變若《をち》かへりゆく

星月夜オルセーにあり巴里に無し星の狂氣の阿蘭陀びとや

カフェを訪ふ物乞ひとり智惠ふかきオデュッセウスか否かさびしも

キオスクに竝ぶセリーヌの未發表作品おそれ世界をおそる

シャルトルは星の曼陀羅、薔薇窓に神すら知らぬ風穴のある

シャルトルの宇宙のしづくにずぶ濡れの正午といへどわたくしは鳥

百合の紋さびしからずやたまきはるサントシャペルに王の紋はや

光氾濫神氾濫永遠氾濫サントシャペルをイエスは見しや

サントシャペルいでたるところ銃もてるポリシエ立てりうつつまぶしも

むらぎもの肉體勞働その多く肌の色濃き人のたづさはる

犬の糞あらざる巴里に驚くも白人優位はいまだも凝《こご》る

鐘の音にこころゆらげり素足もて内陣あゆむわれならなくに

ロワール地方への小さき旅

古都トゥール白壁の家竝びたる町をすぐれば雲ほしいまま

シュノンソーの虚空に泛む風船はをみなの城を莊嚴したり

ふらんすの田園むなしわたくしゆのがれむとして果てしなきかも

ロッシュ城

青き百合を追ひてゆきけり革命の國に王家の町のかなしも

合掌し別れゆくなりははそはのトゥール大聖堂飛び立ちたまふ

かへり花うすむらさき《藤にかあらむ》の怨恨はいづこより來る自由の國に

ふらんすの身體に沁むカトリックふれなむとして黄なるてのひら

アンボワーズ城三首

レオナルドの終の栖を訪ねむにあをき葡萄のまなこはいかに

洞窟をおそれ卵をおそれしか白鳥の子なりしレオナルドはも

聖ヒエロニムス老いさらばへなほそのライオンを抽象となせり

クリュニー美術館三首

あはれあはれ初期ゴシック柱頭にはるかなる縄文を見たり大和忘れよ

貴婦人と一角獣のかたへなる獅子の白きに貴きに泣かゆ

能『定家』観るごとくゐるクリュニーのタピスリー空間在る第三惑星

ふりむかぬカフェの男らわが言葉無音にながれ刃ながれき
言問はむ朝の大氣は薔薇色のコギトなるべしゆきゆきて斃れよ

ギュスターヴ・モローの家

風つよきランス大聖堂いづこより神の嗚咽はきこえくるかも

微笑みの天使マリアにふれざるかそのつばさもて撫づることなきか

ははそはのマリア戴冠　かんむりをもてるは子なるキリストか傷む

レオナルド・ダ・ヴィンチの庭に迷ひけるアンボワーズはわが生の果て

蜜蜂の多《さは》なる巴里よ汝らはまことやさしき針をもちけり

サン・テティエンヌ・デュ・モン教會まひるまの扉をかたく鎖《とざ》したりねむれ

ギュスターヴ・モローの家のあかねさす螺旋階段われを他者とす

雷神ユピテル大日如來とぞみまがふけふの挽歌をうたへ

ジョコンダに生きうつしなるをみなごのメトロに憂ひ黒まとふかな

きみが扇すべなきものをたましひの石作りなるこの身が抱《いだ》く

老犬のよろぼひあゆむよろ星の光とどかむ逆旅《げきりょ》うつくし

いつしかに言の葉かはすギャルソンのギヨーム知らずけり白犬われを
鏡高く窓の高きに在る邦よただ蒼穹を胸にゐがけと
くちびるのふるへいづるをわだつみゆとほく來たれるゆゑとおもひき

地震《なゐ》あらぬ大地を蹴ればガリアなる哄笑搖るがすカルチエラタン

月見ずは狂ふことなし巴里の夜を青きソワレの猫驅けゆけり

疫病ははや忘られぬ地下道をさくらさくらの旋律が追ふ

高速に走るポリスの車より投げいださるる花束あまた

エラス、嗚呼とぞなげきつつ黄昏《くわうこん》のふらんすは暮れざりけり晩夏

なまなまとそらみつ大和　言の葉のくちなはに肖《に》る肌あらはにす

につぽんを語る一人なく東洋のひらたきかほを城となすはや

日本人と日本人出會ひたまかぎるほのかに逸らすまなざしの夢

死のごとくあくがれたりしふらんすの息引くウィの音すでになかりき

永遠に戀せる者と信じたるみづからは假面なりければ舞へよ

みずかる信濃の山のさみどりのさまざまなりし聖痕あはれ

聖セバスチアン傷あらぬ全《また》きうつそみに描きしモローよ

三島由紀夫天翔《あまがけ》たりし生首も銀河ながるるさくらはなびら

薔薇窓とセーヌひそけく抱擁し互みにはつか濁りゆくかも

## ペルソナ

赤蜻蛉《あかあきつ》つひに逢はざるふらんすにペルソナ剝がれゐたるわれはも

ラメ入りのセーター買ふに不可視なる月光の角度かんがふる巴里よ

警察署向かひにわれらつばさなど洗濯なせり猫見えぬ街

ゴシックに非ずネオゴシック　巴里七區

バジリスク・サント・クロチルド　尖塔の視界に入れば芒野原匂ふ

ソルボンヌ文明講座儚かる言語帝國主義の虹はも

食堂《カンティンヌ》の自然食ゆかし　白玉赤玉みいづるわれははつか狂へる

テーブルに來たれる鴉、フェードルとみづから名乗り崩れゆきけり

メトロ汚れやすらけきかな　犬は乗り蛇は乗らざる神のつたなさ

オランジュリー三首

睡蓮の宇宙に神は死なざらむその圓環ゆ鳥はのがれて

沈黙《シランス》！と幾たびもきこゆ秋の日を盲ひゆくモネの沈黙に堪ふ

繪巻物に似て非なるジャポニスムいかに　あな霞みつつロゴス立てるを

サン・ジェルマン・デ・プレ教會ほのぼのと明石の浦にあらましものを

巴里に讀むオデュッセイア巻十八

もののふのオデュッセウスの裾からげ肌脱ぎとなるししむらぞみどり

秋分のオルセーにムンクおとろへゆくさまをあらはに見たり巴里は燃えずも

ギャルソンの微笑みの門ゆ秋の夜の銀のちちははとほざかりけり

革ジャンパー椅子に掛けつつ失ふもの無きわれとなる鐘の音ひびく

きみを忘れ汝《なれ》を忘れず巴里に傷む白犬さくら秋扇《しうせん》われは

犬を罵り巴里を罵りつつ歩む二人よゴドーを待つにあらずや

炭酸水あがなふ店の青年に四ユーロなるたましひ渡す

灰色のケープいささか重かりし試著ののちに日本重きか

エコール街シネクラブにて

極彩の氣狂ひピエロ近松の彼方に見ゆるわれを糺せよ

オペラ座に星辰在るを怪人は知るや知らずや共に巡るを

修道女ふいに小さくなれりとぞ見しはリヨン驛階段下る

セルジイのジェラール・フィリップ邸

ジェラールの息よみがへる窓の邊に死にゆく雀汝《なれ》はこがれて

アミアンの正午の光ちはやぶる神は硝子にましますものを

內陣に雪ふるごとく四肢冷えていまだかなしきうつそみをもつ

三島由紀夫顕現したるひさかたの大聖堂にわが名よばるる

ルーヴルふたたび

カラヴァッジョの赤き衣のマリアはもししむら猛く死にゆきにけり

立ちつくす女神アテネよ不滅とは風にさやげる大理石かも

カルチエラタンのカフェ、コスモ

國葬ゆとほく離《さか》りてエスカルゴ食むゆふぐれや天地の殺意

青

ノートルダム再建の木木のいつぽんとなるべきわれか夢に切られて

二〇二二年十二月二十五日　第一刷発行
二〇二三年 七 月 十四日　第二刷発行

歌集　快《け》樂《らく》

著　者　水原《みづはら》紫苑《しをん》
発行者　國兼秀二
発行所　短歌研究社
郵便番号一一二―〇〇一三
東京都文京区音羽一―一七―一四　音羽ＹＫビル
電話〇三（三九四四）四八二二・四八三三
振替〇〇一九〇―九―二四三七五番

印刷・製本　大日本印刷株式会社



ISBN 978-4-86272-732-9 C0092